LE DÉVOUEMENT

DES

MÉDECINS FRANÇAIS

ET DES

SOEURS DE SAINT-CAMILLE.

LE DÉVOUEMENT

DES

MÉDECINS FRANÇAIS

ET DES

SOEURS DE SAINT-CAMILLE,

A L'OCCASION DE LA FIÈVRE JAUNE DE BARCELONE;

POËME

DÉDIÉ A MADEMOISELLE DELPHINE GAY.

Par le baron de TALAIRAT,

CHEVALIER DE LA LÉGION-D'HONNEUR ET MAIRE DE BRIOUDE.

SE VEND AU PROFIT DES SOEURS DE SAINT-CAMILLE,

A PARIS,

CHEZ DELAUNAY, DENTU, PONTHIEU, LIBRAIRES,

AU PALAIS-ROYAL.

1822.

À

Mademoiselle Delphine Gay.

Mademoiselle,

J'ai lu votre admirable poésie : c'est pour cela que je viens placer mes faibles vers sous l'influence d'un nom deux fois cher aux Muses, d'un nom déjà célèbre, et que vous rendrez plus illustre encore.

Puisse cet hommage vous être aussi agréable que j'ai de plaisir à vous l'offrir! Votre approbation serait pour moi la plus flatteuse récompense, et même il me suffira d'avoir pu mériter votre indulgence et un sourire.

Votre très-humble et très-obéissant serviteur,

LE BARON DE TALAIRAT.

LE DÉVOUEMENT

DES

MÉDECINS FRANÇAIS

ET DES

SOEURS DE SAINT-CAMILLE.

Homines ad Deos, nullâ re propiùs accedunt,
quàm salutem hominibus dando.
CICERO, *pro Marcell.*

Il est un Dieu puissant : au bruit de son tonnerre,
On voit les cieux pâlir, on sent trembler la terre ;
Dans la profonde nuit il se révèle au cœur :
L'univers est empreint du sceau de sa grandeur ;
Son pouvoir nous confond, sa bonté nous rassure ;
Il est lent à frapper, mais sa vengeance est sûre ;
Et le coupable, alors qu'il trompe tous les yeux,
Trouve un juge en son cœur, un témoin dans les cieux.

J'en aurai pour garant cette terre fameuse,
Que l'on entend gémir, que l'on disait heureuse,
Où l'on voit la grandeur en butte aux coups du sort,
Où le souffle des vents est moins prompt que la mort.

Du faîte de la gloire en ce jour descendue,
Je t'admirais, Espagne, et te voilà déchue !
Un mal, un mal affreux, dont le nom fait horreur,
Aux fureurs des partis ajoute sa fureur.

Sur les corps entassés de la foule expirante,
Vomissant de l'Etna la flamme dévorante,
Thysiphone, échappée aux gouffres des enfers,
Épouvante la terre, empoisonne les airs;
Et de sang enivrée en son horrible joie,
Implacable vautour, s'acharne sur sa proie.
Pour échapper au monstre, où se cacher, où fuir?
Craindre, c'est l'irriter; être atteint, c'est mourir.

Qui t'a précipitée au fond de cet abîme?
Le ciel, le ciel vengeur. Qui l'excita? Le crime.

Alors qu'un étranger, heureux navigateur,
Et d'un Monde nouveau hardi révélateur,
Eut guidé tes enfans vers ces riches contrées,
Par leurs avares mains promptement déchirées ;
De celui qui conçut ce nouvel univers,
La gloire était le but : quel fut le prix? des fers.
Des fers à ce héros! Peuple ingrat et barbare !
Tremble, un Dieu te poursuit, ta chute se prépare.
L'avarice bientôt, aux champs américains,
De ces fiers conquérans a fait des assassins.

La foudre est avec eux, la terreur les devance...
Quel calme! des tombeaux c'est le morne silence.

Mais le Dieu qui veillait sur l'Indien soumis,
Qui voit la soif de l'or guider ses ennemis,
Ses autels renversés et ses temples en cendre,
Aspire à les venger, s'il n'a pu les défendre.
Ses pleurs ne coulent pas, la haine est dans son sein;
Il court interroger l'inflexible Destin.
En un sombre palais, ce dieu règne en silence;
Là, sur son trône assis, et tenant la balance,
Il règle des humains les peines, les plaisirs,
Départ aux uns la joie, à d'autres les soupirs;
Et la Nécessité, sa fille inexorable,
Devient de ses décrets le ministre implacable.

Il a franchi le seuil de l'antique pourpris;
« Quoi! des Péruviens n'entends-tu pas les cris?
« Regarde, c'en est fait de ces belles contrées!
« Au fer de l'Espagnol tu les as donc livrées!
« Si tu ne les soutiens, qui peut les secourir?
« J'ai fait de vains efforts, ils n'ont plus qu'à mourir. »

Il s'arrête : les pleurs inondent son visage.
« Pourquoi m'interroger? souffrir est leur partage.
« Irrévocable arrêt de la fatalité,
« Leur sort est rigoureux, mais il est mérité.

« Un jour, de ces climats qu'habite la souffrance,
« (Le ciel ainsi le veut) ministres de vengeance,
« Deux fléaux partiront ; et, conjurant les cieux,
« L'Espagnol, mais trop tard, saura qu'il est des dieux. »

Le Destin a parlé ; descendu sur la terre,
L'impitoyable Dieu prépare son tonnerre ;
A frapper des ingrats ses feux sont réservés.
Les siècles ont passé... les temps sont arrivés...
Les airs ont retenti d'horribles cris de joie ;
Les deux monstres sont nés, et l'Espagne est leur proie.

Cet amour pour ton Dieu, ce respect pour ton roi,
Que sont-ils devenus ? Castillan, dis-le-moi.
Lorsque tu combattais pour ton roi légitime,
Tu donnas à l'Europe un exemple sublime ;
Le monde en parle encore et tu l'as oublié !
Oublié ! Quoi ! déjà serais-tu dépouillé
De ces titres sacrés qui vivront dans l'histoire ?
Non, non : va, cours servir et ton prince et ta gloire.
Pour fuir les factions, pour détester l'erreur,
Le cœur doit te guider ; un mot suffit, l'honneur.

Mais quels gémissemens au loin se font entendre !
Barcelone, tes murs sont-ils réduits en cendre ?
Où courent ces vieillards, ces femmes, ces enfans,
Ces guerriers consternés, ces citoyens tremblans ?

Cette foule innombrable, inquiète, troublée,
Loin du toit paternel s'en va-t-elle exilée?
Naguère les chemins étaient semés de fleurs;
Les chemins aujourd'hui sont arrosés de pleurs.
A travers l'horizon d'un ciel brûlant et sombre,
Je cherche Barcelone, et ne vois que son ombre :
Ce silence effrayant, ces remparts abattus,
Semblent dire, en effet : Barcelone n'est plus!
Ce n'est plus cette ville où régnait la fortune,
Et l'orgueil de l'Espagne, et l'amour de Neptune....
Découragés, tremblans, comme un faible troupeau,
Les pâles citoyens descendent au tombeau.
C'est en vain que le flot vient battre encor la rive,
Sur la grève, à présent, la carène est oisive.
Priant avec ferveur, aux autels de ses dieux,
Le peuple, en gémissant, lève les mains aux cieux.
L'on entend pour tout bruit, au milieu des ténèbres,
Quelques plaintives voix pousser des cris funèbres,
Et le beffroi, qui tinte avec un lent effort,
Sonner l'heure fatale et le glas de la mort.
Plein d'effroi, sur le seuil de sa maison déserte,
D'un ami qui n'est plus, l'ami pleure la perte;
Une épouse, une mère, expire en embrassant
D'un fils et d'un époux le corps pâle et sanglant.
Les rangs sont confondus comme le sexe et l'âge;
De ce feu dévorant tous éprouvent la rage.
Partageant des humains les douleurs et le sort,
On voit les animaux lutter contre la mort.

La mort, au haut des airs, sur les ailes d'Éole,
Plus prompte que la flèche, atteint l'oiseau qui vole.

A cet âge où l'amour est un besoin du cœur,
Isabelle et Fernand aspiraient au bonheur.
Que l'heure paraît lente à leur impatience !
Malheureux, ah ! fuyez ! c'est la mort qui s'avance ;
Adieu, songes rians ! Du destin le plus beau
L'avenir enchanteur va se perdre au tombeau.
Indifférent pour lui, tremblant pour Isabelle,
Fernand ne peut plus vivre, et veut mourir pour elle ;
Isabelle, accablée en ce funèbre jour,
Et désire, et regrette et Fernand et l'Amour.
Mais unis par la mort en ce moment funeste,
Une pierre et leurs noms, voilà tout ce qui reste.
Pour redoubler l'effroi, pour accroître l'horreur,
Dans les airs apparaît l'ange exterminateur,
Terrible, impitoyable, agitant son épée,
Dans le sang espagnol incessamment trempée ;
De son souffle brûlant découle un noir poison,
La source et l'aliment de la contagion.
Triste cité ! quel Dieu, touché de ta misère,
Sera de tes enfans le sauveur et le père !
Jadis on vit à Rome, en un pareil danger,
Curtius, au tombeau tout vivant se plonger.
Mourir ainsi, c'est vivre : ô généreux exemple !
La gloire en est le prix, la victoire est un temple.

(13)

Accourez, accourez, magnanimes Français!
Voici d'autres sentiers ; voici d'autres succès.
Dans les champs du carnage, on vous vit avec gloire
Moissonner les lauriers offerts par la victoire ;
Vers un péril nouveau précipitez vos pas!
Aux champs de Barcelone il est d'autres combats :
La foudre dévorante est dans l'air qu'on respire ;
Partez, héros, partez, et que la terre admire !...
Ce courage est d'un Dieu, des hommes c'est l'effort ;
Domptez, foulez aux pieds les terreurs et le sort :
Voilà sur quels travaux votre gloire se fonde :
D'autres l'ont ravagé ; vous ! consolez le monde !

Bientôt ils ont atteint ces monts audacieux
Qui tiennent aux enfers, dont le front touche aux cieux ;
De leurs derniers regards saluant la patrie,
Tout prêts à la quitter, leur âme est attendrie.
Adieu, France, ils ont dit : on les voit s'élancer,
Et dépasser les bords qu'on ne peut repasser.
Il est un noble but qu'appelle leur audace ;
Brûlant d'impatience, ils dévorent l'espace.

A peine ils ont touché tes remparts désolés,
Barcelone, et déjà tes enfans consolés,
Près de ces demi-dieux, retrouvent l'espérance.
Ils parlent ; à leurs voix se calme la souffrance ;

Aux autels d'Epidaure on dirait qu'ils ont pris
Le feu, le noble feu dont leur cœur est épris.
L'étude est leur trésor, l'audace est leur partage ;
On chérit les bienfaits, on bénit le courage :
Osons les contempler dans ce gouffre de maux ;
Le jour, point de plaisirs ; la nuit, point de repos :
Sans relâche et sans fin se succèdent leurs peines.

Moins à plaindre est celui qu'on a chargé de chaînes ;
D'un homicide affreux s'il a souillé son bras,
Sa vie en est le prix, il subit le trépas :
Mais entendre les cris d'une foule innombrable,
Chaque instant voir la mort, la mort impitoyable,
De sa tranchante faux, de ses sanglantes mains,
Comme l'épi des champs, moissonner les humains,
Dans le même cercueil, et la fille et la mère,
Le vieillard et l'enfant, et la sœur et le frère !!!
C'est un supplice affreux ! vous l'éprouvez, Bally,
François, et Pariset, et toi Mazet aussi !
Rien ne peut ébranler leur courage sublime ;
Coligny fut moins grand sous le poignard du crime !
Ils marchent entourés des horreurs du trépas.
Téméraires, tremblez ; l'abîme est sous vos pas ;
Il vient de s'entr'ouvrir : ô désespoir ! ô larmes !
De la triste cité qui peindra les alarmes ?
Le peuple épouvanté, dans ce pressant danger,
A ses propres douleurs paraît être étranger.

Aux autels de ses dieux, il se prosterne, il prie :
« De ton foudre vengeur désarme la furie :
« Dieu puissant, daigne enfin suspendre ton courroux!
« Qu'ils vivent! à ce prix nous bénirons tes coups.
« De ces hôtes sacrés détourne ta colère! »
Vain espoir! et Mazet nous a légué sa mère.
Qu'il est beau de périr en un dessein si grand!
A l'immortalité l'on s'élève en tombant.
Ton nom ne mourra point : ton cyprès funéraire
Rendra de tes vertus l'Espagne tributaire.

Et vous rivaux heureux de l'illustre Mazet,
Jouarry, Bally, François, Audouard, Pariset,
Frappez, exterminez cette hydre dévorante!
J'entends des Espagnols la voix reconnaissante
Jusques aux cieux porter vos noms dans leurs concerts;
Bientôt ils voleront au bout de l'univers.
Quel peuple assez stupide, et quel lieu si sauvage,
Où l'admiration ne s'attache au courage?
Qui peut vous égaler? Servir l'humanité,
C'est exercer les droits de la Divinité.

Courage encor plus grand au sein de la faiblesse!
C'est vous que j'aperçois, vous qu'on trouve sans cesse,
Affrontant les dangers, comme on vole au plaisir :
Sans désirer la mort, aspirant à mourir;

O vierges de Camille! ô nobles héroïnes!
Couvertes du cilice, et le front ceint d'épines,
Vous savez triompher sans connaître l'orgueil,
Et la gloire est pour vous étrangère au cercueil.
Telles on vous voyait du sein de nos murailles
Accourir, sans effroi, sur le champ des batailles,
A nos guerriers blessés prodiguer vos secours,
La nuit veiller près d'eux pour prolonger leurs jours.
Quelle grande leçon, en ces temps où nous sommes!
Ce n'est pas des Français; ce sont encor des hommes.
Vos bienfaits sont cachés; mais quand le jour viendra,
Ce que le monde ignore, un maître le saura.
Filles de Dieu, marchez! Si la mort vous arrête,
Pour vous, au haut des cieux, la palme est toute prête.

FIN.

9 782013 044448